文芸社セレクション

オラホノ国

綿石　一哉

WATAISHI Kazuya

文芸社

目次

オラホノ国

一

Ｑ「大変なことになったねぇ。」

私「ほんと。でもね、総理大臣や政府も、結局は選挙で国民が選んだことになりますから、つまりは国民が決めたことになるんですかね。」

「それはそうだけど、政府が決めたことと世論調査の結果が逆になっていますよ。」

「そこなんです。こんなときに〝オラホノ〟ならどうするのかなぁ。」

私はいつものようにＱさんのところで油を売っていた。

世の中は、小泉首相がイラクへの自衛隊派兵を決めたことで、大騒ぎになっている。軍隊を持っているフランスやドイツなどが派兵をしないのに、唯一平和憲法を持っている日本が派兵をするという逆立ちが、堂々とまかり通ろうとしている。

Ｑ「いや、あの国には軍隊そのものがないから。」

私「そうなの？　でもさぁ、日本だって軍隊はないことになっているけど、自衛隊という名前の強力な軍事力を持ってるよ。」

「オラホノでは組織はおろか兵器そのものがないんだ。」

「なるほど、それなら出しようがない。だけど驚いたね。そんな国があったなんて。オラホノの憲法にも第九条のようなものがあるのかい。」

「そんな立派なものはない。ごく当然の常識ってところかな。」

「それで、国の防衛とかはどうなるの。そんな心配はどこからも出てこないのかい。」

「うん、そりゃあ心配だけど、軍事力で防ぐことは所詮無理だという考え方が行き渡っているんだ。」

「それじゃあ、もし侵略されたらそれまでってことじゃない。」

「そういうことだね。」

「随分あっさり言うじゃないですか、Qさん。なんかからかわれているような気がするんですけど。」


おじいさんが、〝Qさん〟と呼べというからそうしている。

「まぁまぁ、そう怒らないで。実はあの国の特殊性があるんだ。過去に一度も侵略されたことがないという国でね。」

「日本だって占領された時期はあったけれど、外国に侵略されたことはないよ。だけど、それは防人とか武士とかがいたし、明治になると西洋式軍隊があったからじゃないの。」

「でも、本当なんだ。過去に何度か侵入されそうになったことはあるが、いつの場合もまもなく退散してしまったのだそうだ。あんたが不思議がるのは当然の話で、このことについては多くの人によって研究がなされている。どうも、ウイルス説が有力だ。あの国の国土には特殊なウイルスが存在していて、あの国に生まれた人は免疫が備わっていて大丈夫だが、よそから入ってきた人はやられてしまうらしい。それも、百パーセントだというんだ。症状は食欲がなくなり、無気力になり、要するに元気がなくなってしまって、兵士としてさっぱり役に立たなくなってしまうんだ。ウイルスはまだ見つかっていないので、学説のままなんだがね。」

「だけど、上陸できなくったって、今はミサイルでやられるってこともありますよ。」

「あの国では外国の歴史を詳しく研究している。それを基に国の未来を展望した結果、やはり軍隊を持たないほうがよいということになったんだ。」

「どうも理想論的すぎるなぁ。だって、今だって、アメリカは強引にイラクに攻め入ったし、その前はアフガニスタンとかいろいろあるじゃないですか。」

「そこなんだがね。オラホノ国は、外国を侵略したことも一度もない国なんだ。だからその点からも外国から恨みを買うことがない。昔と違って現代は、攻める理由が無ければ世界の目が許さないような状況ができている。オラホノに対しては、いくら探しても攻められる理由を見つけだすことが出来ないのさ。」

「うーん、そう言えば日本は中国、朝鮮、東南アジアを侵略したし、真珠湾を奇襲したりした過去があるから、オラホノのようにはいかないのかな。」

「いや、日本にはその代わりに〝日本国憲法〟があるじゃないか。戦争放棄の第九条はオラホノでもかなり知られていて、その点では日本に対する期待は大きい。このことを前面に出して、自衛隊派遣をしないでくれればいいなと期待していたらしい。」

「どうも現実離れした話だなぁ。あっ、いけねぇ、商売に行く時間だ。また後で聞かせてください。」

二

Qさんというのは八十三歳のおじいさんである。夏に、たまたま私は彼の家を訪問した。私は生命保険会社の営業マンである。得意先に来たついでにこの家にも飛び込みをやってみたわけだ。最初に出たのはおばあさんだったが、やりとりを聞きつけて、Qさんが出てきてこう言った。

Q「ＯＲＡＨＯＮＯではそんなものはないよ。」

私「えっ、なんと言いましたか？」

と私は聞き返さなければならなかった。

「いや、オラホノというのは、私が以前住んでいたことがある国の名前だよ。あの国ではそんなものはまったく必要とされなかったから、したがって、あんたのような仕事の人もいなかった。でも、日本におればそうもいかないしなぁ。私たちも葬式代として少しだけ入っていますがね。だからあとはもういらないよ。どうもご苦労さん。」

このおじいさん、頭が変なんじゃないかと思ったが、オラホノとかいうのにちょっ

と興味を惹かれて、つい、いつもの茶目っ気から、

「そのオラホノとかいう国はどこにあるのですか?」

と相手をしてしまったのがそもそもの始まりだった。Qさんは、オラホノのことを誰かに話したくてしょうがなかったのだ。しかし、Qさん自身その国がどこにあるのかわからないと言う。そんな話をまともに聞いてくれる人などあろうはずもない。奥さんも、しばらくは稀なる辛抱強さで聞き役を務めたのだが、Qさんにしても、相手としての張り合いを感じなくなって、いつとはなしに二人の間ではオラホノの話題は少なくなっていた。私はそんなところに飛び込んでくれた、まさに〝飛び込み〟だったのだ。

「よろしかったらちょっと上がって、お茶でもいかが。」

と奥さんに言われて、こちらもどうせ急ぎの用時もなかったから、暇つぶしに丁度いいなと思い、上がりこんだ次第である。そのとき、Qさんの後ろで奥さんが心なしかニタッとした顔つきをしたように感じたが、あとで思うと納得できた。

三

私「あけましておめでとうございます。」

Q「あけましておめでとう。今年もどうぞよろしく。まぁ、上がって。」

「今年は雪が少なくていい正月ですね。」

「雪片付けはまだ一度もしないで済んでるから、年寄りには助かる。だけど、暖冬傾向に向かっているとか聞くと喜んでばかりもいられないねぇ。」

「僕などはスキーが大好きだから、雪が降ると嬉しくなるんですよ。ところで、オラホノでは軍隊とか軍備とか一切無いという話ですが、国民は皆それで納得しているんですか。」

「そうだと思うよ。」

「戦争反対とは誰もが言うけれども、実際には戦争が無くなる事なんてあり得ないし、世の中はそういうこともあって動いているんだっていうのが世間の常識じゃないの。」

「そうだね。確かに憲法に戦争放棄を掲げている国は日本だけだし、その日本も自衛隊という強大な軍事力を持ってしまったからね。だから、オラホノを不思議に思うのは当然だろうな。まぁ、コーヒーをどうぞ。」

奥さんが運んできてくれたコーヒーを飲みながら、Qさんが話してくれたことはざっと次のようなものであった。

五百年以上も前に、実はオラホノではこのことで侃々諤々の議論が起こったのだそうだ。近隣諸国ではオラホノの特別な風土のことを経験的に知っていたので心配無かったが、遠方の国がオラホノを狙い、軍船でやってきた。勿論オラホノの風土のことをまったく知らないわけではなかったが、実際には経験していないのでピンとこなかったのだ。それはオラホノにとっては大変な脅威だった。無理解程怖いものは無い。ただ、上陸はさすがにためらっていたようで、しきりに使者をよこすようにと要求してきた。大議論の末、やはり断固追い返す以外に道は無いという結論に達し、そのための策を練った。

オラホノという国は何事につけて研究熱心で、諸外国のことについてもよく調べていて、侵略された国がどんな状態になっているかということもよく知っていた。しかし、戦ったところで勝ち目がないことも冷静に心得ていた。そこで、相手の要求に応じて使者を送り、オラホノの風土の特殊性一本に絞って、粘り強い交渉を続けた。あくまで交渉で相手を説き伏せるしかない。相手は、強大な軍事力で強引にねじ伏せようとしている。負ければ属国にされて、国民は隷従の生活を強いられるだろう。使者たちの死を覚悟の気迫のこもった交渉は、ついに実を結んだ。なんと、植民地化をくい止め撤退させたどころか、交易まで取り付けてしまったのだから、オラホノの外交力は大したものである。相手方にしても、いくら危険な風土だからといって、手ぶらで本国に帰還すれば、責任は免れない。オラホノはそこをついて、織物などの特産品を持ち込んで、実利的な交渉に持ち込んだのである。そんなわけで、殺伐な空気の中で続けられた交渉だったにも拘らず、やがては穏やかな雰囲気に変わっていって、最後にはシェイクハンドで、和やかに交渉を終えることが出来たのである。提督に花を持たせて交渉を成功させたことは、その後のオラホノの運命を決めたと言っても過言ではない。この交渉のことを伝え聞いた他の国々も、こぞって交易を申し込んできたのである。オラホノがそれに応じたのは勿論のことである。友好条約の締結などで役人たちはしばらくの間、嬉しい悲鳴を上げながら、手続きに忙殺された。その後も様々な局面に遭遇したが、オラホノのこの外交姿勢は、今日に至るも基本的に変わっていない。

そんなことがあってから、オラホノでは、それまであった小規模の軍事力も徐々に縮小されていき、やがて、軍隊とか兵器といったものは全く存在しない国になってしまったのである。

私「ほう、なるほど。まぁ、侵略されなかった国だということはわかったとして、侵略は出来たと思うのですが、それも無かったというのはどうしてですか。」

Q「どうしてかと聞かれても私にもわからん。とにかく無かったんだね。やっぱりそれは、オラホノの歴史的ないきさつが関係しているんじゃないのかな。そのことはまたにして、それよりもおもしろいと思うのは、そういう外交姿勢がオラホノの経済を安定させている基になっているということですよ。貿易は盛んだし、軍事予算は無いし。だから、ホームレスなんていうのもいませんね。」

「どうもあなたの話は出来すぎているように思えてなりませんがね。もう少し突っ込んでみたいところですが、残念ながら仕事の時間が来ましたので、また今度。」

四

私「ちょっといいですか。」

Q「どうぞ、どうぞ。待っていたところですよ。なかなかあんたに理解して頂けないので、あれからずっと気分が晴れないままでした。」

「そうでしたか。じゃ遠慮なくお聞きしますが、オラホノにも資本家とか財界とかっていうのはあるんでしょう？　でなかったら社会も経済もうまく動きませんからね。世の中は競争が無ければ停滞するというのは常識ですよ。ソ連が崩壊したのだって、資本家たちの自由な競争がなかったことが一つの大きな要因だと思いますよ。その資本家たちにとっては、軍隊というのはなかなか魅力的なもののようなんですが。」

「あ、そのことですか。オラホノには資本家もいないし財界とかもありません。」

「えっ、それじゃあ、経済的な競争とか、商売とかも無いんですか。」

「いや、それはありますよ。」

「どうもよくわからないなぁ。」

われながら物好きだなとは思う。Qさんはたしかに尋常でないことは言うまでもない。そもそもオラホノなどというありもしない国をのたまわっている事一つとっても、即刻病院行きの人かもしれない。オラホノという国名自体が滑稽だ。だが、彼の話しぶりには嘘がないのだ。いや、嘘といえば嘘には違いない。空想上の話にすぎないのだから。それでも私が彼の話に惹かれるのは、意図的な嘘が感じられないことと、終始一貫ぴーんと筋が通っていることだ。一種おとぎ話を聞いている感じなのだ。彼と話していると、いっとき現実を忘れ、心地よい気分に浸れるのである。

彼の話によると、

オラホノでは商売も行われているし、企業経営者もいる。もちろん競争も盛んだ。およそ競争のない経済活動なんてあり得ないという考え方をしている。スーパーマーケットのようなものもあれば個人商店もある。派手なネオンサインが見当たらないとか、二十四時間営業の店が無いとかといった細かいことを除けば、他の国とたいして違わない。では、どこが違うのか。それは、この国の人たちの競争という概念の捉え方なのだという。経済活動での競争というと、私たちは、お金などの財産をいかに多く手に入れるかという競争だと思っているが、オラホノではそういうふうに思う人はいない。オラホノの人たちにとっての競争というのは、あくまで遊びなのだという。私たちもゲームやスポーツをするときは、別にお金などのやりとりなど無くても楽しめる。それと同じように、一定のルールのもとで行われる経済活動の競争を楽しんでいるらしい。

私「まるで天国ですね、オラホノは。だけど、人間の持っている欲望はどうなるの？　金銭欲とか独占欲とか。オラホノの人にはそんなものは無いっていうの？」

Ｑ「食欲とか性欲とかいう欲望は、オラホノの人たちにだって同じようにありますよ。でも、物欲っていうのはそれとは違うと思うよ。うーん、これを説明するとなると、一番の根本にまでいかなければならないようだね。教育ですよ、教育。」

Ｑさんの言うオラホノの教育というのは家庭環境、社会環境の中で行われる、学習すべてを指すという。すなわち、生活のすべての場が教育現場である。子どもから大人まで、国民全員が対象である。もちろん学校もあるが、それは青少年を対象としての、学校という場を必要とする教育の場であって、教育現場の一部に過ぎない。日本では〝生涯教育〟などといって、特別な扱い方をしているけれど、オラホノでは初めからそういう考え方だから、〝生涯教育〟という言葉そのものが無意味なのだ。オラホノの人たちは、全生涯を通して、学習を楽しみの中で行っている。能力と関心に応じて。学校では定期テストも成績表もない。テストは理解度を調べるために随時行い、学習計画の調整に用いている。大学ももちろんあり、入試もあるが、統一の資格試験と個別試験を組み合わせて選考している。大学は、大学という教育の場を望む人たちが行くところなのだ。大学を出ても特別待遇は何もない。学費は国が負担する。経済活動と同様、学習もゲーム感覚でやっている。頭がいいとか、悪いとかという捉え方ではなくて、学習が上手だとか、経済活動が上手だとかという捉え方だ。ゲームだから勝ち負けは当然あるが、人格的な序列にはならず、あくまで遊びであり、楽しみなのだ。

私「日本なんかでは、貧しかった昔の頃よりも、物質的に豊かになった今の方が、社会の荒廃が目立っていますよね。オラホノでも子どものいじめなんかはあるんですか。」

Q「ほとんど聞かないねぇ。そりゃあ、誤解が基でのトラブルはないこともないだろうけど。いじめはないが、喧嘩はしょっちゅうありますよ。というよりも、子どもの時は大いに喧嘩した方がよいと考えているぐらいだ。なかなか上手なものですよ。けがをしたとしてもかすり傷程度です。」

「喧嘩を奨励しているわけ？」

「いや、いや、そういうことじゃなくて、喧嘩はもちろん良くないが、喧嘩しながら学習するってこともあるということですよ。幼い頃は取っ組み合いの喧嘩も時にはあるけれど、だんだん口喧嘩に移行していきますね。大人になってからの議論の仕方も、こうして子ども時代に培われるってことです。それからね、良い子、悪い子といった決めつけ方はまずしませんね。」

「それで、それが欲望とどう関係してくるの？」

「だからさぁ、そういう教育環境の中からは、自分だけ金持ちになろうなんていう人は出てこないってことですよ。だってね、他の人よりお金を多く持つということは偏りが生ずることだから、居心地が悪いことなんです。オラホノの人たちにとっては。それに、生活が安定しているから、人よりお金を多く持っていてもしょうがないんですよ。」

「そうかなぁ。僕らは一円でも多く稼ぎたくて働いているんですよ。毎日の生活以外にも家も建てなきゃならないし、病気にも備えなきゃならないし、老後のことも考えなきゃならないし、年金もどうなることやら。だからある程度お金を貯めておかなければと、この僕だって頑張っているんですよ。さっぱり貯まりませんが。」

「ほんとにお気の毒に思います。オラホノでは住宅も病院もみんな基本的に無料です。老後の心配も要りません。社会そのものがあまりお金のかからない仕組みです。ところで、オラホノには根本原理があって、それがありとあらゆることを処理する際の出発点になっています。まあ、びっくりしないで聞いて下さい。


『国民はみなバカである』


どうです、おどろいたでしょう。」

「？？？　いやはや、恐れ入りました。まさか、憲法にそのことが書かれてあるとでも言うんじゃないでしょうね。」

「憲法の前文、しかもその冒頭にあります。オラホノには偉い人はいません。みんなバカなんですから。若し権力者を置いたとすれば、バカを権力者に据えたことになり、政治を必ず誤ります。これほど簡単な理屈はありませんでしょう。」

「ちょっと単純過ぎると思うなぁ、それは。いくらなんでもバカとはひどい。バカばかりじゃ何もできないでしょう。」

「それじゃあ、お聞きいたしますが、完全無欠な人なんていますかね。」

「そう言われると、そりゃあ、そういう人はいないと思うけど。」

「そうでしょう。一人で何もかも間違いなく処理できる人なんかいない。不得手なことは必ずあります。つまりバカな部分を必ず持っているのだから、その部分に関してはバカだということです。」

「や、参りました。たしかにその通りでございます。」

「だから、オラホノでは会議をとても大事にしています。


『三人寄ればバカの知恵』


と書かれた扁額が会議室ではよく見かけます。議論を重ねる中でそれぞれのバカな部分が修正され、いわゆる〝健全なる判断〟が引き出されるわけですよ。」

「それもまたひどいね。〝文殊の知恵〟をわざわざ〝バカの知恵〟と変えることはないと思いますがねぇ。」

「ふざけているわけではないのです。そもそも文殊といったような完全無欠な存在というのは人の世ではあり得ないんだ、現実の世界では存在するものは必ず限界があるんだという考えから、敢えてそうなっているのです。文殊菩薩のような超人的な存在と現実の人間とをごっちゃになんかしていませんよ。」

「でも、やはり、文殊菩薩さんに失礼なような気もしますけれど。」

「いや、いや、そんなことはないです。むしろ、人間が文殊の知恵を持てるなんて思う方が思い上がった考えで、かえって文殊さんに失礼なことになりませんか。」

「また一本取られちゃった。うーん、こっちも頑張らなくっちゃ。じゃあ、これはどうかな。僕の会社なんかもしょっちゅう会議が開かれますが、退屈で、時間がもったいないなと思うことが多いね。それに形式的になったり、儀式化して、事なかれ主義的な安全弁みたいなものになったりしているところもありますね。オラホノだってそういうことはあるんじゃないの？」

「オラホノでは会議はとても楽しいことなんですよ。激しい議論のぶつけ合いもやはりゲーム感覚でしてね。敗けても元々はバカだと思っているから、腹を立てるなんてことはまずないね。それにね、飲み物やお菓子、おつまみなどが必ず部屋に用意されていて、自由に飲み食いできるのです。まあ一種の飲み会ですね。古代ギリシャのシンポジオンというのも、ワインを飲みながら対話を楽しむものだったとか。だから、オラホノ人だけのことではないんだね。日本の国会中継なんかを見ていると、延々と何時間も休憩無しで、飲み物も水が置かれている程度で、あれではいかにも苦痛ですね。

とは言っても、オラホノ人といえども多様です。難しい対立場面もそれは生じます。でも、他の国に比べたら、対立の材料は断然少ないと思いますよ。なにしろ、物欲からは解放されているのですから。食欲や性欲には所詮、限度がありますが、それに引き換え、物欲には限度がありませんね。そのあたりの違いでしょうか、なんとか治まってしまいます。物欲は貨幣が生み出されると、無限の欲望という虚構の場を広げてしまったようです。この虚構にとらわれてしまうと、底なし沼にはまったようになり、難儀しているようですね。オラホノにはそれがないわけですよ。何事につけ、限界の無い問題にはまり込んでしまうと、そこから抜け出すのは大変なことなんだね。」

「飲み会で重要なことを決めるんですか。飲み会は普通、会議が終わったあとの打ち上げとかでやるんじゃないの。」

「その飲み会はアルコールの飲み会のことでしょう。オラホノではね、アルコールを飲む習慣がないのですよ。」

「えっ、飲酒は禁止なんですか。」

「禁止はしていません。その必要がないのです。オラホノ人はアルコールを飲めないのです。例外なく飲めないのです。オラホノ人にとっては、飲料としてのアルコールは有害物質以外の何物でもないのですよ。」

「アルコールが入ったら、まともな会議なんか出来っこないと思ったのですが。そうですか、オラホノ人たちはお酒が飲めないのですか。全員がそうだというのも、にわかには信じられないことですが、そのことは、また今度にしましょう。実は今晩、新年会でしてね。僕ら、酒が飲めるだけ幸せだと思わなくちゃね。オラホノ人たちの分も飲んで差し上げることにしましょうかね。」

五

昨晩の新年会では、いつものことだが、調子に乗って飲みすぎてしまった。頭がずきずきする。こんな体調では商売にも気乗りがしないから、Ｑさんのところで調子を整えることに決めた。

私「おじゃましていいでしょうか。」

Ｑ「かまいませんよ。今日はどんな反論を用意してきましたか。」

「そんなゆとりはないです。すみません、熱いお茶を一杯頂けませんか。」

「ははん、なるほど。そういうことね。おーい、お茶をたのむ。熱めにね。」

「いやね、ゆうべも飲みながら考えてみたんですが、オラホノ人が全員アルコールがだめだということは、どう考えてもあり得ないと思うんですよ。全体的にそういう傾向だというのならわかりますがね。不自然ですよ。」

「事実だからしょうがない。」

「なんかかわいそうですね。酒のない社会なんて味気ないものなんでしょうね。」

「あなたたちの常識で考えればそうでしょうが、オラホノ人にとっては初めからそうなんだから、あなたたちが思うようなものとは違うと思いますよ。酒の美味しさを知らない人たちなんだから。」

「祝い事なんかには酒がつきものだし、酒が入るから盛り上がるんだと思うんだけどなぁ。」

「随分お酒にこだわるね。だけど、酒が出ないだけで他のものは何でもあるんだから、別に物足りないとは思わないようですよ。」

「そうすると、オラホノにはアルコールは一切無いということなのですか。」

「いや、大量に生産されているよ。工業原料、医薬品など、要するに飲酒以外の用途は沢山ありますから。飲まないだけのことだよ。」

「お茶を頂きながら、アルコール抜きのお話を聞いていたら、なんか生き返ってきました。しかし、この世からお酒が無くなるなんてことは、想像するだけで恐ろしい。まぁ、怖い話はこれぐらいにしておきましょうか。オラホノの人は物欲がないというお話だったようですが、でもその前に、外国との貿易は盛んだというお話もありましたよね。それだと、物欲が旺盛な外国の商人との間の商談なんかは、困るのじゃないですか。」

「オラホノ人はね、軍事力を持っていないから、そういう点からいうと弱者なんだ。でもね、だからこそ、その分のエネルギーを他のことに余計につぎ込むことが出来るとも言えるのですよ。オラホノでは、外国のことをほんとによく研究していますね、何から何まで。自国のことは勿論ですが。だから、オラホノが他国とどのように異なっているかということも、冷静に自覚しているわけです。将来のことについても、ほんとに細かいことまで想定するんですよね。起こりそうな事故や事件に備えての訓練カリキュアムも充実していましてね。外交交渉や貿易交渉なんかでも、そういう訓練を積んだ人たちが当たるわけです。外国からの信頼は絶大です。」

「なんと、なんと、その通りだとすれば、いい事尽くめで、もう、言うことはないです。僕も酒をやめてオラホノに住んでみようかな。」

「残念ながらそれは無理です。例のウイルスがあるからね。」

「あっ、そうでしたか。酒をやめただけではだめでしたか。酒とは関係なかったんだ。」

「ウイルスに対する耐性と下戸との関連はあるのだろうが、まだ詳しくは解明されていないそうだ。」

「是非早いとこ解明されてほしいものです。それまでは、出来るだけ沢山飲んで待つことにしましょう。」

「実は、オラホノには心配もあるのですよ。それはね、ウイルスが発見されたり、ウイルスに関する遺伝子が解明された時なんだ。もうおわかりでしょう。そうです、そうなれば、やがて免疫を身につけた外国人が上陸して来ることになりますね。いずれその時が来るだろうと、対策の検討はなされているのですが、これで完璧だというものは無いようで困っているらしい。その他にも、突然変異で耐性が生じるなんてこともあるかもしれないし。」

「ほらみなさい。だから、少なくとも防衛力は必要だったんじゃないですか。」

「軍事力というのはね、一時的には役に立ったようでも、そのままでは守り切れないから、どんどん増強していかざるを得ないんですよ。その結果が、例えば核兵器などですが、これが逆にそれを所持した側も含めて人類全体を脅かすことになってしまった。近頃では宇宙規模にまで戦略が拡がっています。そのことが分かっていても、後戻りしたがらないのが現状なんですね。だけど、オラホノには資本家と言われる人がいないし、したがって財界といった経済組織も無いので、軍備を経済活動に取り入れようと考えることもないということになります。」

「〝座して死を待つ〟ということですか。核兵器は抑止力として役立っているところはあるでしょう。その先はわかりませんけれど。」

「オラホノでは、そんなふうに目先のことだけでは考えないんです。子孫やその先の代まで考えないことには、気が済まないようですよ。勿論死んでしまったんじゃなんにもなりませんから、目先のことも含めてそりゃあ真剣ですよ。」

「気持ちだけ真剣でも、具体的な対策が無かったらどうにもなりませんよ。」

「世界の動きを見てますと、昔のままではないね。ぐるぐる回り道はしても、どこかには進んではいますね。EUなんかも出来たし、後進国とか、発展途上国の勢いもすごいと思うよ。アメリカの威力はだんだん衰えていくんじゃないか。オラホノの政府では、だから、国際情勢への働きかけということに最大の力を注いでいるのですよ。各国を精力的に訪問するなど、様々な形で外交努力を続けています。国連のような組織は最も重要視しているようですな。」

「平和憲法を持っている日本でさえ、実際には自衛隊があるのですよ。世界中どこを探したって、ま、オラホノを除けば軍隊のない国なんか、ほとんどないぜ。ヨーロッパでEUが出来たと言っても、軍事同盟のNATOがあります。国連にしても、各国の利害が絡み、五ヵ国には拒否権が未だに残されている状態ですから、思うようには動きがとれないようですね。軍隊なしでちゃんとした話し合いなど出来ませんよ。」

「軍隊がないことが、オラホノにとっては却って強みになっていると思うよ。武器を持っていながら武器を使うなとか、平和とか言ってもいまいち説得力はないんですよ。外国からは結構手厳しいと思われているようです。だから、日本も憲法、特に九条を活用すべきだ。だいたいこれなんか、もともとアメリカが関与してつくられたものなんだろう。外交としては最高の戦略材料になります。」

「オラホノという国の政治家は勇気がありますね。」

「政治家というよりも国民でしょう。国民の総意を代表しているのがオラホノの政治家たちですから。」

「なるほど、日本などは選挙さえ通れば、国民の総意などそっちのけで勝手なことをする政治家が沢山いますからね。それどころか、国民に対してはどういうわけか威張った態度をとったりするやつもいるぞ。」

「オラホノには政治家に限らず、威張る人はいませんね。なにしろバカを自覚しているから、威張るなんてことは出来っこありません。」

「正しい自覚を持つことは、科学的なことですよね。」

「そのとおり！　分かってくれたようだね。そこにある白い紙を取ってくれませんか。」

あー、それ、それ、それ。

いいですか、オラホノをローマ字で書きますと、

orahono

ちょっと巻き舌にする感じで、

ollahono

とし、頭文字の　o　に補助線『ɿ』を一本足して、

allahono

とし、これに区切りをつけますと、

all aho no

ハイ、出来ました。そうです、

オール　アホ　の

どうです。『オール　アホ　の』国。なんと素晴らしい国名ではありませんか。」

「名は体を表すというわけですか。ワッ　ハッ　ハ。これは完全に参りました。ところでその素晴らしいオラホノは一体どこにあるのか教えて下さいよ。」

「ちょっと待ってね。たしか地図があったはずだ。……あ、ありました、ありました。」

と、Qさんが指差したのは日本だ。Qさんの指は日本列島の北部、秋田県のあたりにあった。

地図を見た私のその時の気持ちはどう表現したらいいかわからない。

「こ、これは、日本じゃないですか。」

「いや、違う。日本ではない。」

「だって、朝鮮半島もサハリンもちゃんとここにあるじゃないですか。Qさんの言うオラホノってのは日本のことだったのか。」

「いくら似ているからって同じだとどうして言える？　これはオラホノです。断じて日本ではない。」

いつもは温厚なQさんなのに、この時だけは色をなして頑張るのである。しかたなく、そそくさと退散した。

帰り道にさっきの場面を反芻してみた。そして、あっと気が付いた。オラホノ国の〝オラホ〟は〝おらほ〟のことではないのか。ここは秋田県だ。私は秋田県に移り住んで長くなるが、この辺では自分たちの住んでいる所を方言で〝おらほ〟という。〝おらたちの方〟つまり標準語で言えば〝俺たちの方〟ということだ。〝オラホノ国〟というのはそうすると、〝俺たちの国〟つまり〝自分たちの国〟ということになる。なんだ、そんなことだったのか。Qさんにとってはごく自然に〝自分たちの国〟のことだったのだ。それを「O RA HO NO」なんて言うものだから、とんでもない回り道をしてしまったんだな、私は。

六

私「ご無沙汰してました。商売が結構忙しかったもんでね。この間はしつこく追求して失礼しました。細かいことにこだわるのは私の癖でしてね。御免なさい。まだ納得したわけではないんですがね。

ところで、オラホノでも原発はあるのですか？　石油の埋蔵量には限界があることだし。」

Q「オラホノには原発は一つもありません。もちろん石油も輸入に頼っていました。でも、今では太陽光や風力その他の自然力を利用しています。自然エネルギーですので、自然を壊しては元も子もないので、それはそれは注意を払っております。」

「いま、日本では原発が何十もありますが、いろいろなトラブルがあるようですね、何しろ相手は放射線ですからね。あちらこちらで反対運動もあります。でも自治体への莫大な補助金がありますので、財政難で困っている自治体では、「背に腹は代えられない」との理屈で、また国側の強力な政治圧力もあって、住民側の反対運動を押しのけて造られています。」

「そうらしいですね。原発に関してはオラホノでも、一九五〇年代に侃々諤々の議論が続けられました。

私らには詳しいことは分かりませんが、事故の問題、それに伴う放射能の問題、核分裂反応の制御の複雑さの問題、装置自体の配管等の複雑さの問題、核分裂反応の複雑さに対する運転員の対応の困難さの問題、などなど、通常の工場の装置とはまるで違う原理に対処しなければならないことが、調べれば調べるほどわかってきたようです。一旦事故が起こると、従来の工場事故のようにはいかないことが沢山あるようだということも心配されました。それに、オラホノは地震が世界でもトップクラスに多い国です。それに伴う津波もあります。一九五〇年代後半には、プレートテクトニクス理論が学問的に認可され始め、それによると、オラホノ国は四つのプレートに取り巻かれているらしいということもわかってきました。簡単には取り入れられないなということになりました。」

「あぁ、たしか小松左京の『日本沈没』というSF小説があって、面白かったですね。でも当時はどうせSFだという感じで、あんまり原発とかに結びつけて考えるなんてことはなかったなぁ。そうか、プレートテクトニクスかぁ。」

「そういうわけで、オラホノでは懐疑的だったのですが、心配したとおり、原発の事故やトラブルがあちこちから聞こえてくるようになりました。オラホノでは、はっきりと決断しました。黙っていてもそそがれる太陽光、黙っていても吹いている風、また海の波、こういった自然現象を利用することに力を入れようということになりました。当面は手間がかかっても、効率が悪くても、頑張ろうということになったようです。これには住民との話し合いが、それこそ侃々諤々と行われたことは勿論です。そういった経過があったお蔭で、今や自然との共存がうまくいっているようです。」

「いま世界中で、原発は大問題になっています。事故の他に、地球温暖化にも関係しているらしいとのことです。高温の排水が海や川に排出され、海水の温暖化の原因の一つになっているのだと。それにその排水には、原発の運転で生成したトリチウムというものが含まれているそうですし。」

「なんだねそのトリなんとかというのは。」

「トリチウムというのは、原発の運転では必ず生成する放射性物質だそうです。これは、何十年も放射線を出し続けるそうです。」

「ほう、それなら、そのトリなんとかは、取り除かなけりゃいけないね。」

「それなんですよ。その除去が実質的には無理なのだそうです。ですから、原発が始まってから、世界中の海に放出されっぱなしということらしいです。トリチウムの放射能は段々減少していくそうですが、何十年かは放射線の影響を受けなきゃならないでしょうね。」

「えっ、じゃ、オラホノ国の方にも流れてきているってことかね?」

「そういうことになりますね。オラホノは原発がない国なのにね。」

「知らなかった。原発がないから、あまり話題にならなかったからかなぁ。はずかしい。」

「私だって、このことを知ったのは、最近のことです。それまでは、あまり話題にはなりませんでしたし。」

「オラホノでは前にも言いましたが、本当に研究熱心なのですよ。便利だから、経済的に得だからということですぐ飛びつくなんてことはまずないね。それはそれは丁寧に検討します。原子爆弾の出現をきっかけに研究チームを作っていろいろと調べたんですね。そうするとどうしても技術論に行き着くのですね。技術は人間が創り出したものですが、十九世紀辺りまではその便利さを単純に喜んでおれました。ところが二十世紀に入って原子核の世界にまで研究が進むと技術的な利用も当然進むことになります。オラホノではそのことに危険性を感じたのですね。」

「エネルギー源として原発は便利極まりないものですね。ところが事故が起こってみると、その対処は手間がかかるどころか、いまだにどうしたらよいか分からない状態です。その被害も事故時のみならず、延々と続くんですからね。」

「ハイデガーの技術論をオラホノではいち早く重要視したらしいですな。原発は核兵器にもつながるしね。他にも技術の問題は沢山あるようですよ。」

「そのようですね。ふうん、ハイデガーですか。以前、読もうとしましたが、すぐ投げ出してしまいました。」

「私も読んではおりません。でも、オラホノでは有名です。遊びに来ていた子どもたちの間で〝ハイデガーノギジュツロン〟という言葉が交わされていたこともありましたから、オラホノでは結構、人口に膾炙しているのでしょう。尤子どもにはよくは分からなかったと思いますがね。」

「へえ～、そうなんですか。」

「よそでは地殻から資源と称していろいろなものを掘り出しているようですね。また大量の地下水を汲み上げてもいるそうですね。これは地球をどんどん壊していることになりませんか。オラホノではそんなことはしておりませんが、他の国にそんなことをどんどんされたんじゃ迷惑至極です。だって、地球が壊されていることなんですよ。ですから外交を通してそのことを一所懸命訴え続けているのですが。」

「私たちは、とんでもない時代に生きているってことなんだなぁ。なのに、それを私たちは何とも思わないでいるらしく見える現実というのも、考えてみると恐ろしいことだよなぁ。もっともっと話したいのですが、お得意様の予定がありますので、これで失礼します。」

「そうですか。またいつでも寄って下さい。」

七

Qさんにとっては、オラホノはおそらく実在の国なのだろう。Qさんの頭の中に存在しているオラホノ。バカな国民の国オラホノ。弱くて強い国オラホノ。でも、オラホノのような国があったらなんと素晴らしいことか。

気がついてみると、いつの間にか、私の頭の中はオラホノにとりつかれてしまったようだ。その後も私はしばしばQさんのところにおじゃまをして、オラホノ談議に浸った。帰り路には不思議に元気が出てくるのだ。不思議といえば、あれほど好きだった酒を、最近はほとんど飲みたいと思わなくなったなぁ。

待てよ、もしかして、このこととオラホノが関連しているなんてことは。

例のウイルスというのは。えっ、まさか。いや、そうだったのか。オラホノの風土病をもたらしているウイルスというのはこのオラホノだったんだ。オラホノに感染すると酒を飲みたくなくなる仕組みになっているんだ。だけどおかしいな。オラホノに上陸した外国の兵士たちは体力も気力も喪失するという話だったな。うーん、わからん。うーん、……オラホノ……ウイルス……オラホノ……ウイルス……

あっ、わかった。ウイルスじゃなくて、抗体だね、抗体。そういうことか。ということは、私は抗体を身につけたことになるのか。抗体というのはウイルスをやっつける弾丸みたいなものだと昔、学校で習ったことがある。この弾丸を手に入れた者はウイルスの作用から免れる。これが免疫ということだと習ったことを思い出した。

Qさんからオラホノのウイルスをうつされたが、同時にオラホノのことを詳しく聞いたことで、理解が深まり、オラホノが好きになってしまった。そのことが抗体になっているのだ。要するに、Qさんとオラホノ談議をしている間にいつの間にかワクチン処理が施され、免疫ができ上がっていたということなのだな。

だんだんわかってきたぞ。オラホノに関してはウイルスにしても抗体にしてもまったくメンタルなものなのだ。ＤＮＡなんかじゃない。うん、なるほどな。この抗体の攻撃対象はオラホノのウイルスということではなくて、私がこれまで持っていた観念、すなわちオラホノ人の観念と対立している観念だったのだ。リチャード・ドーキンスの言う「ミーム」というのはこんなものなのかな。両方の観念が並立している状態では脳の指令系統が混乱してしまい、私の身体は健康な状態を維持できない。気分が悪くなり、気力も体力も喪失することになるのだ。ところが私の場合は、幸運にもオラホノのウイルスに感染すると同時に抗体も出来上がっていたのだ。Qさんとの会話によってそれは造られたのだ。

Qさんから私にワクチン処理が行われたということは、他の人たちにも同じことが可能だということだ。それがネズミ算式に拡がっていくとすると。そして、やがてオラホノという国が私たちの頭の中から飛び出して、実際にこの世に出現するときが来るとすると。そしていつの間にかそれは全世界に拡がっていき、世界に平和が……。

そのとき、耳元で大きな声がした。

「電話です、お客さんから電話ですよ。」

各論　オラホノ国

私「大変ご無沙汰しておりました。」
Q「や〜。暫くぶりだね。」
「やはり、Qさんに会いたくなりましてね。お変わりございませんでしたか。」
「まあ上がれ。」

Qさんのところに足が向かなくなってから随分になる。実は、Qさんの〝オラホノ国〟が私の頭に住み付くようになったら、何やら怖くなってしまったのである。そのままだと私はQさんと同化してしまいそうで、そうなると、今いる世界の中では適応できなくなるのではないかという恐怖心にとり付かれてしまったのである。もう、Qさんのところには行くまいと心に決めて、仕事に没頭するように努めてきた。随分長い間。だが、どうもがいてみても、〝オラホノ国〟が頭から離れることはなかった。このウイルスは強靭だった。そしてついにQさんのところへ向かうことになったのは、このウイルスがもたらす必然だったのである。

Q「来たくなったから来たんだろう。どうしているのかなと思っておりました。来てくれて嬉しいよ。」

長らく音沙汰なしでいたことを私はしきりに詫びるのだが、Qさんはまったく意に介さない風で、今日来てくれたことが本当に嬉しそうだった。ところが不思議だったのは、あれから随分経っているのに、何から何まで殆ど当時のままなのである。何歳になりましたかと聞いてみたら、八十三歳ですと言う。あれっ、もう十年も経っているんだよ、何をおっしゃるのですかと言いかけて止めた。ふざけている風でもない。十年前、地図上の日本を指して日本ではない、オラホノだと真顔で言ったときと同じ表情だったのである。

一　遊び心

私「オラホノの人たちはお金にも名誉にも関心がないということでしたが、それでも一所懸命に物事に取り組んでいるのはなかなか理解できません。いったい何がそうさせているのですかね。」

Q「日本人は、というか世界中の人々はお金や名誉に毒されているからじゃないのかね。近代文明が及んでいない未開と言われる人たちでも、お金は無いところもあるのかもしれないが、名誉の方は結構重要視されているようだね。でも、オラホノではそうなってはいないのだ。お金も名誉も物欲、まあ、所有欲と言ってもいいが、そういう物欲が基だろうけれど、何しろオラホノ人には物欲がないからお金にも名誉にも関心の持ちようがないのさ。」

「えっ、名誉も物欲ですか？　それでどうしてみんな楽しそうにやっているのか不思議なんですよ。」

「不思議でもなんでもないよ。前にも言ったように、オラホノの人たちにとっては何でも遊びなんだから。」

「えっ、仕事も遊びなのですか？　仕事を頑張るのは、その後で楽しむためじゃないの。」

「オラホノでは仕事も遊びです。だからと言って、責任感を忘れることはありませんよ。自分では良いことだと思っても、実は間違っていることだってあるかもしれないからね。確かに仕事は楽ではないし、疲れるのも確かですが、終えた後の達成感という楽しみはまた格別なものですからね。オラホノの人たちは仕事は給料のためではなくて、自分たちの社会の維持のためにという意識だから、家事と同じようなものですよ。」

「ホイジンガという人が『ホモ・ルーデンス』という著書で、人間の営みには何でも〝遊び〟が必要だと論じていましたが、それですかね。」

「ホイ何とかさんのホモ何とかというのは知らんが、ほぅ、そんなことを言っている人がいるのかね。オラホノではそんな本は読まなくても、みんな遊び心で何でもうまく行っているんだがね。」

「生真面目な難しい内容でしたから、読むのには難儀しましたが、現実とのギャップは大きいなぁと思ったものでした。オラホノではそれが普通なんですか。ホイジンガさんが聞いたら飛び上がって喜びそうな話だな。」

「オラホノでもそのホモ何とかという本を読んでいる人はいるだろうよ。だけど、あなたとは違った読み方なのではないかな。そう言っては失礼かも知れんが、あなたよりもずっと楽しみながら読んでいるのだと思うよ。」

「あぁ、そうかもしれません。」

「どんな難儀なことでも遊び心で取り掛かると負担が軽い。だめならだめでいいさ、と思えばストレスも生じない。無駄なことをして時間を損したなんて思う人はいませんよ。だめなことがわかればそれも成果の一つなんだから。」

「でもおかしいですよ。その時間にもっと有意義なことが出来たかもしれないのですよ。仕事には経費も、労力も掛かりますからやはり無駄じゃないですか。」

「では聞くがね。結果というのはやる前からみんなわかるものなのかい。たいていやってみて初めてわかるものだと思うがね。もちろん予測は立てますよ。その上でどんな結果が出てくるかをわくわくしながら楽しむわけです。全然無駄ではない。それからね、オラホノでは経費についてはもともと損得の意識がないのだから無駄も何もない。」

「まあそうかもしれないけれど、なかなかぴんとこないなぁ。私たちはなんでもお金に換算してなんぼということが普通ですから。」

「あなた方は自分が頑張って得た成果は自分のものだと思っているところがあるのではないかね。

　オラホノでは自分のものというよりもみんなのものです。その中にはもちろん自分も入っていますよ。」

「ロールズという人ですが、何であれ自分のものなんて殆どないと思うべきであって、殆ど公共のものなのだと言っているらしい。ロールズによれば、その人の持っている才能でさえも、もとは親やそれ以前の先祖の遺伝子の体現だと考えれば、自分だけのものとは言えなくなるのだということになるらしい。オラホノの人たちと似ていますね。ロールズさんの考えには驚いたものですが、オラホノではそれが当たり前のことなのですか。」

「ほぉ、そんな人がいるのかね。それでそのローさんの考え方は、あんたたちの社会では受け入れられたの？」

「これほど批判の多い論文は無いと言われているそうです。でも、政治哲学としては非常に高い評価を受けていますよ。だけど、現実の経済体制を否定するように見えるこんな考え方は受け入れられるはずはありませんから、単に、学問上の話として、一般の人たちには殆ど知られてさえいないようです。でも、ロールズは大真面目に論じていたのだと思います。実は私もこの考え方には妙に惹かれるのです。」

「せっかくそんな人がいるのにもったいないな。そのローさんという人はきっと学問をこの上なく楽しんでいたのだろうな。これからも頑張ってもらいたいね。」

「いや、もうとっくに亡くなられました。批判される度に大幅な修正を行いながらも晩年までその考えは貫き通したそうです。批判する側では、ロールズが簡単に修正することにも批判を加えたそうですが、私などは弱点が指摘されると素直に応じる姿勢に感心したものです。」

二　物欲

オラホノ人には物欲というものが無いということだが、なかなか理解に苦しむ。そもそも欲望というものは、生き物にはじめから備わっているもので、これなくして生命体は存在することが出来ないというものではないのか。脳のような中枢が無い植物だって様々な事を行って生存し、子孫継承を行っているが、これだって意識は無くとも体が欲するということだと見るなら、一種の欲望と言っていいのでは。ましてや我々は特別に大きな脳に支配され、欲望もそこから生まれる。

この欲望が無制限、無統制になされると生物は死んでしまうから、複雑な調整がなされているのだろうが、欲望そのものは否定できない。だから、物欲も否定できないはず。このことをQさんに聞いてみた。

Q「オラホノ人だって人間です。動物であり生物です。だから物欲もちゃんとありますよ。」

私「あれ、オラホノ人には物欲が無いと言っていましたよ。」

「あぁ、そうだったね。あることはあるのだけれども、実際に発揮されることは無いから無いと言ったのです。ちょっと言い方が悪かったかね。ごめん、ごめん。」

「何だ、本当はあったんですね。それが実際には出てこないなんて考えられませんよ。」

「そんなに難しいことかねぇ。こう言ったらわかるかな。たとえば食欲だが、食べたいからといってどんどん食べ続けたら腹を壊してしまうだろう。体はうまい具合に出来ていて、ある程度食べれば腹いっぱいというブレーキが働いて、それ以上は食べたくなくなるでしょう。つまり、自動制御が働いているわけだな。性欲だってそうでしょう。まぁ、性欲の場合は身体の自動制御以外にも社会的な自動制御も働きますがね。ところが、物欲の場合は社会的な自動制御は働くが、身体の自動制御は働かないようだね。」

「社会的な自動制御ですか。それって道徳ということですか。でも、道徳心はそんなに頼りになりますかね。」

「あなたたちの方ではあまり頼りにならないようだね。資本主義の勢いはものすごいようだ。それで色々な矛盾が生じて、その矛盾をどう処理したらよいかわからないままに世の中が進んでいるのでしょう。まぁ、オラホノにはそういう問題ありませんから。」

「そんな……、簡単に言わないで下さい。オラホノでは道徳心が完璧にうまく行っているとでも言うのですか。そんなことはあり得ませんよ。誰だって他人より美味しいものを食べたいし、他人より楽をしたいし、他人より強く、美しくなりたいというのは当たり前のことじゃないですか。そのためにみんな頑張っているんです。ただ、そのための競争が行き過ぎて問題になってはいますが。」

「オラホノでは競争は活発ですよ。なんでも競争にしてしまうほどです。でも同時に、それはみんな遊びですから楽しいわけです。」

「なんかかみ合いません。昔から〝より美しく、より豊かに〟を追求することで人類は文明や文化を発展させてきたのではないのですか。」

「そう熱くなりなさんな。物欲に関しては身体によるブレーキが利かないですね。ここがポイントです。

つまりね、物欲には腹いっぱいになる感覚は無い。疲れるという感覚も無い。だから止まらない。大脳皮質が格別に発達した人間の場合は特に顕著なわけさ。飽きるということは人によってはあるかもしれないがね。」

「子どもの頃、飼っていた犬が他所の家から履物を運んできて一箇所に隠していて、親がこぼしていたことがありましたが、犬にも物欲はあるのですかね。」

「人間に較べれば少ないけれどもが大脳皮質はあるだろうから。」

「そうすると、物欲を止めるのに身体のブレーキが利かないとなると別のことをしなけりゃならないな。それで社会的なブレーキか。とすると道徳。あれっ、もとに戻ってしまいました。やっぱりわかりません。」

「道徳と言うからわからなくなるのじゃないかね。オラホノでは道徳なんていう言葉を使うこと自体ないんだがね。」

「道徳でなかったらいったい何なんですか。」

「あのね、物欲は身体の代謝機能では制御できないという欲望なんですよ。脳から発するものですから、自分個人では気持ちで何とかするしかないのだが、自分を自分で制御するということは、これはなかなか難しいことですよ。誰かに助けてもらわないと。それはまた他の人にしても同じことだから、そこで社会的な制御が必要になるのです。オラホノではこのことが常識として一般化しているから、まことに自然な形で自動制御が行われているのです。」

三　共感と想像力

Qさんの言われることは、いちいちそうだなと思ってしまう。それでも頑張って反論してみるのだが、ふわっとあしらわれてしまう。負けるのは悔しいが、負けたのに不思議に心地よい気分になるのだ。

私「Qさん、そうは言っても限界を超えたらどうするのですか。天候不順で食料が不足するとか。」

Q「うん、自然現象には逆らえないな。オラホノでは食糧の備蓄には力を入れています。でもね、これまで深刻な飢餓に見舞われたことは殆んど無かったようだ。多少の我慢はしただろうけれど。ほら、オラホノ人はみんなで分け合うからね。」

「ちょっと待って。備蓄っていうのは溜め込みですよね。それじゃやっぱり物欲になりませんか。」

「どうしてそう物欲にしたがるの。備蓄が無かったら、いざというときに困るでしょう。自分が困れば他の人も困る、他の人が困れば自分も困るという風にオラホノ人たちは考えるから、備蓄は当然です。利己と利他は一体のものと考えているのがオラホノの人たちですから、当たり前のことです。」

「備蓄しても何も起こらなかったら無駄になるから、備蓄量の算定は難しいでしょう。」

「そりゃ、丁寧に算定はしますが、でも、無駄ということはそれほど気にしなくてもいいと思うよ。貧困国への支援物資にしたり、家畜の飼料にしたり、肥料にしたり、いくらでも使い道はある。大体、あんたの方のようにお金に換算するという習慣が無いから、少なくともお金の無駄という感覚はありませんな。」

「お金の無駄は感じなくても、エネルギーや労働の無駄はあるでしょう。」

「エネルギーですか。でも、これは自然現象ですから。ああ、それから労働ですか。これはもうオラホノ人ですからどうということはない。あ、それから、食糧の備蓄ではね、屋内の栽培工場も方々にあって備蓄に頼らなくてもよいような努力もしています。だけどね、人工の光よりはやはり太陽光の方が良いでしょうから、これはあくまで非常用です。」

「ははぁ、オラホノ人はとても我慢強いのだな。私たちの方では食料でも何でもちょっとでも不足するとパニックが起こって、買占めや、価格の暴騰ということになりますが、オラホノではそういうことにはならないのですね。素晴らしいとしか言いようがないですが、いったい何なんでしょうね。」

「自分と他の人とを一体のものとして捉える習慣が自然に身についているということかな。自分だけは他の人とは別だというような自我意識を持ったとき、どういうことになると想像出来ますか。つまり、他の人も同じように思う場合を想像してみて下さい。皆ばらばらになってしまうのではないのかね。そういう想像力が特に意識しなくてもオラホノ人は瞬時に働くわけ。」

「想像力ですか。例のロールズさんの本にも、『共感と想像力さえあれば人間は幸せになれる』と書かれてありましたが、まさにこのことだったか。共感を伴った想像力、想像力が共感を呼ぶ、沢山の共感が想像力を拡げる。なんて素晴らしい。ハ、ハ、ハ。」

「さっき、オラホノ人は我慢強いと言っていましたが、別に我慢強くは無いよ。だって、みんながお互いに我慢していたら、いつか不満が爆発してとんでもないことになるんじゃないの。そう思わんかね。我慢はしない方がよい、身体にも悪いしな。健全な想像力っていうやつかな。あんたの方みたいに物欲がのさばっていると、あっ、これは失礼。食欲や性欲は代謝が制御してくれるんだが、物欲はそうはいかん。これは食欲や性欲にまで干渉して、バランスを壊しながら暴走するという危険な代物なんだよ。まぁ、喩えるなら、欲望の中の癌と言ってもいいかも知れんのだよ。」

「そんな風に言われるとちょっと怖くなりましたね。だって、私らの方ではこの物欲がのさばっているんですから。それどころか、この物欲こそが社会を豊かにするものだ、社会を発展させ、進歩させる原動力だと持ち上げられて、政治もその推進に一所懸命なのですから。もちろん物欲の推進などとは言いませんよ、物欲という言葉は私たちの方でもあまりよいものとは思われていませんから。

　だけど、経済発展と言われると、これに異議を唱える人はまずいませんからね。」

「経済発展は悪いことではないが、発展をどこにどう生かすかってことなんだ。あんたの方ではそれをすぐお金儲けの方に向けたがるようだね。だからせっかく効率の良い装置が発明されても賃金のアップや労働時間の短縮にはならないそうじゃないか。自然を利用したり、工夫したりする時だって、それがどう周りに影響するだろうかなんてことはあまり考えないんじゃないの。」

「それなんですよ。給料はいまいちだし、労働時間も減るどころか時間外労働も結構要求されます。疲れも溜まるし、読みたい本も時間がとれなくて。過労死する人もいるぐらいですから。でも競争社会だから、発展が止まったらどんどん負けてしまうだろうしね。」

「オラホノだって競争は激しいよ。なにしろ競争を楽しんでいるから。でも、競争を楽しむためには時間にも体力にもゆとりがないとね。あんたの方ではゆとりを減らしているようだが、それでは逆効果ではないのかね。そんなことだと肝心の競争でも最後は負けることになりませんか。」

四　何が

最後はいつもQさんに負かされる。いくら負かされても気分がいい。オラホノ国のことだとは思いながらも、どうしてオラホノ国ではそうなっているのだろうか。いつからそうなったのか、初めからそうだったのだろうか。

私「Qさん、オラホノ国はいつからそんな風になったのですか。」

Q「初めからそうだったんじゃないかと言われています。人類史的には稀有なものらしい。他人同士が集団生活を始めた当初は助け合いだったと思う。ところがやがて物欲が頭をもたげ、リーダー格を中心に特権を創りたがるわけだ。その特権をめぐって競争が起こる。それが向上心の名の下に正当化される。このルーティンに嵌るともう抜け出すのが難しいようだね。」

「それで、オラホノではそのルーティンに嵌らなかったというのでしょう。どうしてですか。」

「初期設定にあったのだろうと考えられています。リーダー格に物欲への執着心が薄く、想像力が豊かで、遊び心にたけた人が居たのだな、きっと。その集団がずば抜けてうまくいっていた。やがて、周りの集団の人たちも次第にその集団に移ってくるようになり、物欲心の強いリーダーたちは次第に淘汰されていった。そしていつの間にか、それが当たり前のことになり、定着したのではないかというのだ。」

「だけど、悪いやつは必ず現れるものですよ。悪いやつのパワーや影響力は大きいから、すぐ蹴飛ばされてしまうと思うんだがなぁ。」

「それがそうならなかった。初期段階で定着しやすい条件があったのだ。それは、ウイルスですよ。前に言ったことがある。」

「はい、はい。よく覚えています。覚えているどころか、私自身、感染したような感じですよ。あれほど好きだったお酒を飲みたいと思わなくなってしまったんだから。楽しみが一つ減ったようで寂しい気がしますが、たぶん感染したんだね。でも体調が悪くなったわけでもないし、どうってことはないです。それで、そのウイルスがどう作用したんですか。」
「どうやらそのウイルスは、物欲を和らげる作用をしているのではないかと考えられているのですよ。あんたはどうですか、物欲が和らいだ感じがしていますか。」
「う〜ん、わからないけれども、そう言われるとそうかも。あんまりこだわらなくなったというか、どうでも良くなったというか。」

実は、オラホノのウイルスの仕組みについては，改めて、私なりにあれこれと推理してみた。そして到達した答えに今のところ、次のようなものである。

このウイルスは我々の観念に作用する。観念は大脳皮質に存在している。だからこのウイルスは脳関門を通過出来るという特殊なものであろう。このウイルスの進入に対抗するために生産された抗体がウイルスを攻撃することになるのだが、その攻防のなかで、両者が観念に作用して物欲を阻害する働きという副作用をもたらした。それと、アルコールに対する拒絶反応という副作用も。

こんな具合に理屈をつけてみた。これはまあ、何にでも理屈をつけなければ納得できないという癖なのだが、これをQさんに話してみた。

Q「脳みその中でどうなっているのかなんてことは、私には皆目わからないけれども、あんたがオラホノにそんなに関心を持ってくれていることは嬉しいねぇ。もう十分にオラホノ人だ。」

私「そうですか、ありがとうございます。だけど、感染したという感覚はなかったなぁ。ほら、感染すると体具合が悪くなるという話でしたよね。全然そんなことは無かった。」

「実はね、初めから感じていたんだけど、あんたはもともとオラホノ人だったんじゃないの。ウイルスに対する免疫がもとからあったのだよ。」

「そうかなあ。だってお酒は好きだったし、物欲も人並みにありましたよ。そんなはずは無いですよ。」

「そう思っていただけではないのかね。酒を飲む方が何かと都合が良いという社会の中にいると、無意識のうちにそういう社会にあわせるということもあるから。物欲だって、ある程度物欲を発揮しないと生活の安定が得られない社会では、物欲から解放される生活なんて有り得ないのかもしれない。」

「錯覚だってことなの。そうは思えないがなぁ。まあいいや。反論してもまたQさんにやり込められそうだし。なにやら、世の中に調子を合わせてきたのだろうと言われているようで、情けない気分になってしまいました。」

「そう卑下することもないよ。そうしないと世の中ではうまく行かないと思う気持ちが、そうさせていたのだと思う。人は誰でも人から良く見られたいと思うものなのだから。その実現の仕方が人それぞれで様々なだけだ。」

「結構ストレスは抱えていましたね。オラホノの人たちはストレスはあまりないのでしょうね。」

「そりゃあ人間なんだからストレスはありますよ。だからほら、遊びなんだよ。なんでも遊びにしてしまうし、いろんな遊びを作り出すのもオラホノ人の得意技です。というか、人間の得意技と言っていいと思うよ。」

「動物はストレスを抱えると、一晩で死んでしまうこともあるとかって聞いたことがあります。人間は色々な工夫をしてストレスを解消しているのだとか。物欲のストレスを持たなくてもよいというのは、オラホノ人の得意技ということになりますか。」

五　会議

ミツバチは数万匹の個体が一つの集団を作って共同生活をするのだが、その集団自体が一つの個体のように見える行動をするそうだ。こういうのを超個体と学者たちは名付けているとか。この超個体に進化することで、人類よりも遥かに長い歴史を生存し続けてきたのだという。人間は進化の頂点を極めているというのは実は間違いで、超個体こそ進化の頂点にあるのではないのかという説すらあるらしい。

オラホノ国はこのミツバチの集団に似たところがあるなぁ。Qさんにこのことを話したら何と言うだろうか。

Q「ミツバチか。この世にミツバチがいなくなったら人類は四、五年で滅びるだろうと言った人がいるそうだね。」

私「アインシュタインだったかな。」

「あ、そう。それで、ミツバチのどこが似ているのかね。」

「ほら、みんな文句も言わずに共同生活をしているところなんか。」

「おい、おい。文句も言わずになんて。あんた、オラホノの人たちは文句を言わない人たちだと思っているのかね。」

「いや、そうじゃありません。言い方が悪かった。オラホノでは議論が活発で、会議を大事にするのはQさんからしっかり聞いていますから、それはよくわかっていますが、でも最終的には協力がうまくいっていますよね。」

「オラホノの会議はすごいよ。だからこそ最後はまとまるんだよ。」

「そうか。ミツバチの場合は本能でまとまっているだけなんですね。」

「まてよ。その本能だがね。どんな本能なんだろう。いやね、自然界は変化するんだよ。その本能が単純なものだったら、対応できない変化が生じたらたちまち滅んでしまうじゃないか。大きな変化にも対応できる能力があるのだよ、きっと。」

「Qさん、鋭いですね。なるほど。」

　Qさんの一言に刺激されて、ミツバチのことをもう少し調べてみた。そうしたらなんと、ミツバチは会議をやっているということなのだ。これには驚いた。

ミツバチには役割分担があり、働きバチもその一つ。必要に応じてその中から探索バチが出現し、新しい巣作りの場所を手分けして探しに行くそうだ。場所選びに失敗すると、集団の滅亡に繋がるから、それはそれは真剣なものだ。五百匹程の探索バチが方々に出かけていって、これはという場所を見つけたものが、自分が見つけた場所がどうだったかということを皆にアピールする。他の探索バチがその中からよいと思うものを選んで調べに行き、その結果に基づいてアピールする。これが何度も繰り返されて最終的に一箇所に決まり、集団が移動する。

ざっと、こういうことだとその本『ミツバチの会議』には書かれていた。なんとミツバチは会議を行っているというのだ。会議と言っても羽音を発てて動き回るということだから、会議という言葉は正しくはないかも知れないが、中身的には会議だ。それぞれのアピールに競争は無い。自分の得た情報を一所懸命に伝えるだけ。方角、距離、大きさ、形、地面からの高さなどをひたすら知らせるだけ。集まった情報の中から一番よいと思われるものが選ばれる仕組みだ。なんと、民主主義だぞこれは。それどころか、誰かがこれにしろと強制し、皆が、まあいいかと同意するというようなことがないところなどは、人間様の民主主義よりも優れているぞ。この辺りが私たちの民主主義の最大の弱点だ。

早速、Qさんに話してみた。

Q「ほう、そうでしたか。昆虫のミツバチが会議をねぇ。オラホノでやっているような会議をずっとやってきたんだね。なるほどな。」

私「ミツバチが出現したのは三千万年も前だそうです。この生存力の秘密は〝会議〟にあったのかも知れませんね。」

「ミツバチに〝会議〟という本能があるのなら、人間にもあるのかもしれないな。人間の頭が発明したものというのではなくて、もともと人間にも備わっていて、それをやっていたのかもしれない。大昔は。

それがいつの間にか変質してしまったのだよ、きっと。」

「〝会議〟も本能ですか。驚きですね、これは。昔はミツバチみたいに本能的にやっていたんだが、人間の発達した頭がそれを変えてしまった。大脳の発達の過程では、縮小された部分もあるそうですが、〝会議〟もその中に含まれていたのかな。」

「ミツバチの社会は役割がいろいろあるそうだから、人間の社会と一緒には出来ないだろうが、会議という点では一種、民主主義の典型みたいにも見えるね。」

「そこなんですよ。人間の民主主義の方は理想どおりにはなっていないですものね。」

「それはあんたたちの方のことでしょう。民主主義は民主主義なんで、理想も何も無いんだよ。何にでも弱点はあって、その弱点の存在を否定して、排除して考えるから、理想の民主主義なんてものを創り上げて、そうしておいて、うまく行かないと嘆いているのじゃないのかね。オラホノでは弱点に気がつけば、それを無視したりはしません。ミツバチでもそうなのじゃないのかね。」

「だけど、ミツバチは時に激しい戦い、殺し合いもするそうです。十数匹の女王蜂候補同士で互いに殺しあって最後に残ったものだけが新しい巣を作るのだとか。オラホノでは、多分そんなことは無いのでしょうが、正直、驚きましたね。」

「ちょっと。ミツバチとオラホノと一緒にしないでよ。」


ミツバチ論議をしていたら少々険悪な雰囲気になりそうなのでひとまずは出直しとした。と言っても険悪と感じるのは私だけでQさんの方ではどうということはないのかもしれない。多分そうだろう。

六　殺し合い

ミツバチ同士の殺し合いの話と我々人間世界での戦争とは、同一には扱えないのは当然だ。しかし、文明を発達させた人間も未だに戦争を続けているのは事実。日本は七十年以上戦争をやっていないことになっているが、間接的ではあるが、朝鮮戦争、ベトナム戦争、湾岸戦争、イラク戦争など、戦争にはしょっちゅう関わってきた。今だって、ウクライナ、ガザ、他にも私たちにはあまり知られていないところで関わっているらしい。九条があっても自衛隊が生まれたし、ＰＫＯとかで外国にも出かけるようになったし、今では集団的自衛権まで持つことになった。最先端の戦闘機をイギリス、イタリアと共同で開発というところまでも来てしまった。作れば売りたくもなるだろう。法律もいじくりまわしたくもなるだろう。世界的に軍需産業の台頭も目に余る。軍需産業がなければその国の経済が持たないという国もあるやに聞く。そんな中で、オラホノだけが戦争に無縁だというのは不思議に思わない方がどうかしている。やはりＱさんに聞くしかない。

Q「どうしてそう難しく考えるのかね。ミツバチの生存をかけた殺し合いと人間社会での戦争とは全然次元の異なることだと思わんかね。」

私「そう言われるとそうかもしれないけれども、もうちょっと詳しく説明して頂けませんか。」

「そうかい。まあ一番の違いは知性の形態だろうよ。ミツバチがいくら巧妙な生態を持っていると言っても、殆んどは本能に基づくのだろうが、人間の場合は、一人ひとりが独立した人格を有しているからね。ミツバチの一匹一匹は、喩えて言えば集団の中の細胞みたいなもので、人間のように独立した意思を発揮するなんてことはないのだと思いますよ。」

「人間には人格があるというのはそのとおりだと思いますが、戦場では兵士が独立した人格を発揮することは許されないとかと聞きます。それだと、ミツバチと変わりないよ。」

「そこなんだ。確かに人間の場合は面倒なことになってしまうんだよね。たった今でも世界中でいざこざが絶えない。」

「ほら、やはり同じじゃないの。」

「人間はね、悩むんだよ。ミツバチは悩んだりはしないと思うよ。単純に本能に基づいて機械的にやっているだけなんだよ、きっと。」

「あぁ、そう言えば戦場で兵士が最初に敵兵に銃を向ける時には物凄い葛藤に苛まれるものなのだそうですね。そうか、同じじゃないですね。」

「本能だけでやっている殺し合いはなくすことは出来ないが、人間の知性は本能をコントロール出来るから殺し合いを正当化しない世の中を造ることは可能です。戦争は殺し合いを正当化することを前提にしているから、〝平和のための戦争〟というのは矛盾を含んだ言葉遣いですな。」

「殺人は平和を脅かす暴力の中でも最大級のもの。それが戦争となると賞賛され、それを否定した者は非難されるというところに、人間の難しさがあるということですね。ミツバチの世界では暴力的なことがあっても、それは生存のために必要な本能のなせる業に過ぎず、そこでは暴力が悪だという認識そのものがないんだね。暴力とか平和なんていう概念もないんだよ、きっと。」

「じゃあ、人間がそうならないのはどうしてかね。」

「うーん、難しいな。それは、人間にはさ、必要のない暴力を働くところがあるからですよ。」

「どうして不必要なことをするのかね。」

「それは、えーと、えーと、人間にはそういう本能もあるんじゃないの。」

「待ってくれ。暴力が人間の本能だとしたら、人間は救いようのない動物ということになってしまわないかね。もしそうだったとしたら、何百万年も続くことなど出来なかったと思うよ。とっくに人類は自滅してしまってたんじゃないのかね。」

「本能でないのなら、暴力を生み出すのは何だろう。」

「何だろうね。とにかく、本能でないのは確かだね。」

「ミツバチに限らず他の生き物と人間との違いを考えてみるというのはどうでしょう。それは何と言っても知性じゃないかな。群を抜いて発達した大脳皮質による知性ですよ。これがいいことばかりではなくて悪いことも生み出してしまったんだ。そうです、これですよこれ、Qさん、そう思いませんか。」

「ほう、ほう、なるほど。」

「ところでQさん、オラホノ人だって同じ人間なんだからそういう問題はどうなるの。」

「勿論オラホノ人であろうが何人であろうが脳みそは同じだから、その働き方だって同じです。だから、暴力的な生理現象も当然起こりますよ。」

「あれ、そうなの。それでもオラホノでは争いは起こらないのですか。」

「争いはありますよ。論争は日常茶飯事です。子どもはよく喧嘩をします。でも、大人になると、暴力的な争いをする人は殆んどありません。もしあったとしてもそれはごく一部の人に限られます。だから、そういう人たちのケアには力を入れています。」

「そこが分からないところなんだ。同じ人間なのに何故なんだろう。」

「とにかくそうなっているんです。私が思うに、オラホノ国の仕組みがそうなるように出来ているのだな。それがオラホノ国の文化というところじゃないのかな。」

「文化ですか。ということは、かなり歴史を遡った時代に起源を求めなければなりませんね。そう言えば、大昔のリーダーの話を以前に伺ったことがありました。そうか、まんざらあり得ないことでもないと思えてきました。オラホノ人以外はそんな文化にはなっていませんが、世界中の人類にそういう文化を持たせるのは、並大抵のことではないことは確かですね。」

「そりゃそうだ。それどころか、オラホノだっていつこの文化にひびが入るかわからないから、常に緊張感を持ってこの文化を守り続けるべく、不断の努力を惜しんではならないということが、国家安全保障上の最重要事項になっています。一度この文化を失ったら回復するのは並大抵のことではないのだということを、オラホノ人はしっかりと心得ているのです。」

「もしひびが入るようなことが起きた時にはどう対処するのですか。」

「一度ひびが入ったら骨でも何でも元通りにはなりませんね。だからひびが入らないようにオラホノ人は文字通り必死に守ってきたのですよ。とは言っても、間違いは必ずありますから、その都度万難を排して修復に取り組んだことも確かで、すべてきちんと記録に残されております。オラホノ国の歴史というわけです。」

七　戦争

私「ミツバチに限らず動物同士の争いというのは、人間社会での戦争のように展開することはないような気がしますね、Qさん。」
Q「そうだと思いますよ。動物の争いはあくまでも生存競争の範囲内だと思います。」
「人間社会だけが戦争状態を作り出すという、その要因は、発達した大脳だという訳ですね。だけど、その大脳から理性も文化も生み出されているんですよね。言ってみれば、平和思想だって大脳があってこそのものです。それなのに、大脳が貧弱な動物の方がむしろ平和を維持しているように見えるのですが。」

「動物の世界が平和かどうかは分かりませんが、少なくとも無駄な殺生をしないという点では動物の方が平和的でしょう。でもね、オラホノ人のように努力してそうなっているのではない。」

「本能ということですか。本能丸出しで生活している動物のほうが平和的に見えるのは、何か逆説的な感じがします。」

「人間としては、考えさせられることだね。」

「オラホノでは、五百年ほど前に外国から侵略されそうになったと、いつか話されたことがありましたね。ちょうど同じような頃に、コロンブスがアメリカ大陸に行って、その後別の人たちも行って、住民を殺しまくったとか。オラホノのようにはならなかったのですが、そのあたりのことで何か知っていることはありませんか。」

「あぁ、コロンブスですね。それから、コルテスやピサロたちとか。オラホノ国のようにはいかなかったようだ。西洋人からすると、原住民は野蛮人そのもの。自分たちより劣った者に見えたのだと思います。それに、初対面となると、お互いに身構えるのは止むを得なかったでしょうね。そうなると、なんと言っても西洋人には銃や剣がありますから、勝負はあっけなかったでしょうよ。」

「殺されたアメリカ大陸の人たちは気の毒でしたね。」

「アメリカ大陸での今のあんたの話でやはり思うのは、オラホノの外交力だね。でも、その外交力を発揮する背景として、近隣諸国の存在を見逃すことはできなかったと思いますよ。それまでの近隣諸国との間の交流を通して、オラホノのウイルスのことが知れわたっていたからこそ、遠方の国からの侵略者にもそのことが伝わり、結果的にオラホノは侵略から守られたわけよ。いくら優れた外交力があったとしても、それだけでは侵略から免れることは出来なかったと思います。」

「西洋人の鉄製の武器の威力は圧倒的だったのでしょうが、それればかりではなくて、西洋人によって持ち込まれた病原菌が、それ以上に威力を発揮して、原住民は次々に死んでいったとのことです。西洋人には免疫が備わっていたけれども、それまでなかった病原菌が急に入ってきたので、あっという間にやられてしまったらしい。」

「なるほど、オラホノとは全く逆のことが起こったわけだ。病原体というのは良くも悪くもすごい威力を持っているのですね。でも、オラホノではオラホノのウイルスがなくなってしまったら大変だ。でもアメリカの原住民がバタバタ死んでいったという話を聞くと、病原体はやっつけたくなるしなぁ。なんだか難しいことになってきましたぞ。」

「病原体は全滅させようとしても無理らしいよ。」

「ええっ、それじゃぁ、病原体によって全滅ってこともあるのかね？」

「いや、そう心配しなくてもいいようです。ほら、オラホノのウイルスにも免疫というのがあるじゃないですか。つまり、免疫を身に付けさえすれば病原体から身を守ることができるってわけです。アメリカの原住民の場合も、罹患している間に免疫力を身につけた人が生き残り、その人たちが子孫を増やしていったとのことです。」

「なんだか難しくなってきたねぇ。すると、病原体はなくならないけれども、免疫力をつけさえすれば助かるってことかね。そうすると、免疫力がつくのが間に合わなければ、死んでしまうかもしれないってことかい？　生きていくってことはなかなかたいへんなことなんだなあ。ところであんた、その免疫とやらに随分詳しいんだね。感心してしまいましたよ。」

「いやぁ、たまたま知っていただけです。私でも分かるように解説してくれる本とかテレビでね。」

「人間の方は戦争が未だにあちこちでやられているようだが、オラホノ国にとっても迷惑な話なんだがね。」

「世界中の国がみんなオラホノ国みたいになってくれたら、この世から戦争は無くなるかもね。」

「オラホノだって昔の人たちの大変な努力で、オラホノ国の仕組みを作り上げ、それを何百年も守り続けてきたからこそ、今があるんですよ。それこそ命をかけて。オラホノ人みんなが当たり前のようにね。よその国では何でそれが出来ないのかね。本当に。」

「一人残らずとは言えないでしょうが、大多数の人たちは戦争に反対なのは確かです。それなのになぜだろう？　その最大の原因は世の中の仕組みにあるんじゃないかと私は思うのです。私なりに調べたり、考えたりするのですが、お金に支配されているということが一番のもとのような気がしてなりません。」

「ちょっと待って。お金ならオラホノにだってあるよ。別に困ることなんてないですよ。それどころか、お金が無かったらたちどころに困ってしまうと思うよ。」

「ええ、それはそうです。お金そのものは大変便利です。なかったら大変です。それはその通りなんですが、お金を使ってお金を増やすという、魔法のようなことが行われているのが問題だと思うのです。」

「あぁ、その魔法のようなことか。オラホノ人はそれをやっちゃダメ、ということは昔から知っていたようです。それをやったら罠に嵌ってしまうということを。つまり、物欲の罠だね。オラホノの先人たちは『お金』を使い始めた頃から気付いていたんだね、きっと。おかげで私らは、それが当たり前のことになってしまったわけだ。」

「やはりなぁ。そういうことはオラホノでは起こらないんだ。でも、そのタブーを犯す人がこれから出てこないとも限りませんよ。」

「そんな人が出たとしたら、オラホノ国はオラホノ国でなくなります。ですから、そんな人は出ません。オラホノ人が物欲が無いということは、そういうことです。」

「そうなんだ。オラホノ人はとても厳しいことを、あっけらかんとやっているのですね。そういうオラホノ人ってすごいんだなぁと感動してしまいました。こちらでは、その魔法が戦争のもとになっているようなのに。」

八　安全保障

これまでのQさんの話を聞いている限りでは、オラホノ国は完璧なる平和の国のように思っていたのだが、Qさんはオラホノ人とて間違いは必ずあると言った。ということはオラホノ国も完璧に平和なわけではないのだな。つまり、並々ならぬ努力があっての平和なのだ。オラホノ人は命を懸けてオラホノ国の平和を守っているという言い方は、決して誇張とは思えない気がする。

最近はとみに、これまでの知識がひっくり返されるような情報が入ってくる。そんな情報に出会うと戸惑ってしまう。ネット時代になってからは確かにガセネタが増えた。パソコンやスマホを開けばガセネタの花盛り。だけど一見おもしろいので、つい嵌まり込んでしまうというのは、デジタル世界ならではの、これも一種の魔法だな。

しかし、良質の情報もまた沢山ある。なかでも興味を惹かれたものに、西洋中心史観というのがある。私なども、まあつい この間までと言ってもいいほど、頭に焼き付いていたような気がする。それが実は間違っていたというのだ。例はいろいろ挙げられている。ヤノマミやピーダハーンと言われるアマゾン奥地の原住民の生活や世界観のことを知らされると、私たちが暮らしている文明社会が本当にいい社会なのだろうかと暫し考え込んでしまう。日本人としても、アイヌの人たちのことでは同じようなことを考えさせられる。

北米のネイティヴ・アメリカンのことでも、最近知ったことだが、それこそオラホノ的な生活、世界観を感じてしまう。沢山の部族がそれぞれ試行錯誤を試みながら、部族同士の争いを極力避けながら、住み分けを工夫し、共存を保つ努力をしていたらしいとのこと。そこに西洋から、西洋中心主義というイデオロギーを信じて疑わない人たちが、銃を頂点とする鉄器文明を纏って上陸してきた。まともに戦ったらひとたまりもない、というのは言い過ぎかもしれないが、とにかく征服されてしまった。というのがこれまでの歴史の常識。

確かにヨーロッパ人によって土地が略奪され、原住民はわきに追いやられ、ヨーロッパ諸国の植民地にされてしまった。一七七六年には十三州によるアメリカ独立宣言が発せられ、アメリカ合衆国が建国され、現在に至る。原住民はどうなったか。決して滅んでしまったわけではない。その子孫がアメリカ社会の中で暮らしている。

ところで、アメリカ大陸の発見者はコロンブスだと私たちは教わり、学校のテストでもそう答えれば正解とされてきた。だが、これはおかしいと言うのだ。言われてみればその通りなのだ。先住民は既にいた。かれらの祖先は今から一万五千年ほど前の氷河期に、アジア大陸からアメリカ大陸に渡ってきたという。だから、彼らこそがアメリカ大陸の真の発見者だと言うべきだと。原住民という言葉よりも、先住民と言うべきだと。

さらに注目すべきは、先住民の中には、侵入者と堂々と対話や議論を交わす人物もいて、アメリカでのみならず、フランスにまで出かけて行って、自分たちの意見を述べるという、いわば高度な外交力・政治力を示したことに、当時のフランス人は驚いたとのこと。未開の野蛮人だと思っていた北アメリカの先住民が実はかなりな知性を有しているらしいことを感じたようだ。

彼らにとっては、財産の多寡が権力に繋がることはなかったというし、物事を決めるのは都市評議会での討議によったということだ。コルテスにしても、交渉相手とするのはこの都市評議会の代表者であり、王ではなかった。コルテスはこの社会を「王国」とはみなしていなかったという。政治家を志望するものは、数々の試練を経なければならない仕組みにもなっており、なったらなったで、野心を見せようものなら、烈しい罵声を浴びることが代償として義務付けられていたというから、民主政としては相当なものだったのではないか。政治体制としては当時の西洋よりも、いや、現代のそれよりも優れたものがあったのかもしれない。

それにも拘らず、西洋中心主義に基づいた植民地政策の方針が止まることはなかった。というよりも、入植者たちを抑えることができなかったのではなかったかとも。一旗揚げようと新世界に夢を抱いて、一大決心のもとに海を渡ってきた人たちなのだ。そして何よりも彼らには銃や剣という先住民に対しては無比の鉄製の武器があったのだ。

このように見てくると、平和という視点に立った時には、どちらに軍配を上げるべきだろうか。ともかくも、鉄という軍事力をもっていた方が勝ったことは間違いない。今も昔も、戦いとなれば軍事力がものをいうことには変わりはない。それどころか、今では軍事力の競争はタガが外れたかのような勢いだ。音速を超えそうなスピードで、人間の操作能力を超えるハイテク戦闘機の出現により、操縦する兵士にとっては空間識失調との闘いが迫られる。さらにドローン兵器だ。それよりも何よりも手に負えないのは核兵器だ。性能の向上を続けざるを得ず、かといって、実戦に使用するのはためらわざるを得ないという、史上最大のジレンマに陥っている。

苦難を乗り越えて存続してきた先住民、すなわちネイティヴ・アメリカンと言われる人たちには、コロンブスたちの上陸以前に、既に優れた知性を築き上げていたとも言われる。しかし、コロンブスたちにはそのことを汲み取ることが出来なかった。その後の北米の状態を私などは西部劇の世界として、無邪気に映画で楽しんでいただけ。やがて、西部劇の描き方に疑問を感じるようになったのはしばらく後のことである。

私「Qさん、西部劇を見たことはありますか。」

Q「いきなり何だね。そりゃありますよ。カウボーイがかっこよくインディアンをやっつけるという娯楽映画だね。インディアンまでかっこよくしてしまうところは、さすがはアメリカだと思ったものです。でも気分が悪くなるだけだから、直ぐ見なくなりました。」

「気分が悪くなったのですか。なんでですか。」

「オラホノ人ならみんなそうだったと思いますよ。差別がありありでしたものね。だから、すぐに上映されることもなくなりました。あなたがたの方では大人気だったのですね。そういうところに戦争の根っこがあるんじゃないのかね。」

「さすがはオラホノ人ですね。そうか、私自身の中に戦争を容認する根っこがあったのかもしれないなぁ。日頃、安全保障がどうのこうのと言ってるのに、その当人自身が無意識のままに戦争容認や差別の根っこを持っていたなんて、今まで思ったたことはなかったなぁ。」

この日は、愕然たる気持ちで、帰宅した。

九　裁判

「この前のQさんとの話には、よくよく考えさせられましたよ。」

「おや、何か気に障ることでも言ったのかな。」

「ほら、西部劇の話をしたでしょう。あれにショックを受けてしまったのです。自分の情けなさにね。まだまだオラホノ人ではないのだなと。」

「西部劇は何十年も前の話じゃないか。あんたがオラホノ人になる前のことだろう。それより、私の話にショックを受けたということは、あんたは立派なオラホノ人だということだよ。」

「ほんとですか、これはまた嬉しいショック、なんてね。実は、今日はオラホノの裁判制度はどうなっているかを聞きたいと思いまして、お伺いしました。」

「裁判かね。例えばどんなことですか。」

「実は、日本では冤罪のことがときどき話題になります。」

「まて、まて。エンザイとかいうのはいったいなんのことだね？」

「無実の人が、犯人にされて、有罪にされてしまうことです。殺人事件などだと、死刑判決を受けることもあるのです。この冤罪が日本では、他国に比べて飛び抜けて多いようなのです。独裁国家や専制国家は別かもしれませんが。」

「ほう、ほんとうにそんなことがあるのですか。オラホノではそんな言葉すら聞くことはないね。ちょっと待って。辞書を調べてみよう。あ、あった。あんたが言われた通りのことが書いてあります。でも、オラホノでは知っているのは法律家など一部の人たちだけじゃないかな。」

「日本では、今現在も冤罪だと訴えている人が何人もいますし、過去には冤罪を訴え続けているのに、死刑が執行されたり、獄中で亡くなられた人もいます。遺族や親族が、応援の弁護士たちと一緒に、無罪を訴えている例はいくつもあります。」

「もしその人たちが本当は無罪だったら、随分かわいそうなことだねぇ。ところで、今の話では、日本では死刑もあるんだね。」

「はい、あります。死刑の是非論はたまには話題になります。」

「日本には平和の点で最も優れていると言われる憲法がありますね。そのよう国で冤罪がそんなに多いというのには、驚きましたね。警察とか裁判所とかではどんな具合になってるのかね。」

「日本国憲法は確かに世界一と言っていいものです。でも、なかなかね。」

「ほう、問題でもあるのですか？」

「日本国憲法は、占領軍のアメリカが主導し、日本側とも相談しながら、一年足らずという短い期間で作られたものです。それでも、両者によって、お互いに理想を目指して作成されたものだと言われます。しかしどんなことでも完璧と言えるものはないということでしょうか。」

「弱点もあるということですか。」

「一年足らずという短い期間の中では、特に付則などは、占領軍の方では充分に手が回らなかったようで、日本の官僚にやらせた部分が結構あったらしいです。その当時に官僚というのは、まだ明治憲法下にあり、明治憲法の精神を、出来ることなら存続させたいという人たちもいたわけですよ。勿論、占領軍が最終的にはチェックするわけですが、あの手この手を使う余地はあったらしいね。その中には司法に関する事項もあったようです。弱点があるとすれば、その辺のところに残されていたのではと言われているようですね。」

「で、先程の冤罪のことですが、どこでどうなって冤罪が生まれるのかね？」

「犯罪が生じると、警察や検察が取り調べて、裁判所で量刑が決まるわけですが、各段階で全く間違いがなければ、冤罪はありえません。しかし、いずれの段階でも担当するのは人間ですから、絶対に間違わないということはあり得ないと思いませんか。」

「そりゃそのとおりだね。」

「それを防ぐためにも、複数の人で対応するわけですが、それでも絶対に間違わないとは言えません。ですから、取調べの段階なら再調査、裁判の段階なら、再審という制度が必要で、きちんと実施することは、とても大事なことですよね。」

「再審制度のことだね。オラホノでは当然のこととして、きちんとやられています。だって、人格に関わることですよ。何が大事かって、個人の人格程大事なものはないじゃないですか。」

「そうでしょう。それがそうなっていないのですよ。日本では警察でも、裁判所でも、一旦決めたことはなかなか変えないということがよくあります。責任をもって決めたことなのだから、それを変えるというのは無責任で、だらしがないというわけでしょうかね。」

「ちょっと待って、いつだって決める際には責任をもって決めるのは当たり前のことですよ。だけど、後でそれが間違いだとわかったら、素直に間違いを認めるというのも当たり前のことじゃないのかね。間違いを認めないというのは、逆に無責任じゃゃないのかね。」

「そうですよね。ところが日本では、無謬主義といって、間違うことは基本的にあり得ないという建前が、あちらこちらにあるらしいのです。」

「そのなんとか主義というのは、無理主義といった方がいいのじゃないかね。なんでまたそんな出鱈目なものが、いや失礼！　生まれたのかねぇ。」

「日本は精神主義に陥ったことが、歴史上しばしばありました。軍隊などでは特に。その流れの中で生まれたのかも知れませんね。軍事では散々な敗北を舐めてしまいましたが、日常的には今も残っているのだろうと思うしかないです。」

「だけど、日本では新しい憲法が出来たんだろう。だったら、警察や裁判所の法律も新しくなったんじゃないの。それなのに、どうしてそのなんとか主義は残っているのかね。」

「さっきも言ったように、そう簡単にはね。それに、そういうのを残し続けたい人たちもいるんだと思ってしまうね。行政とか裁判とかではその方が都合がよいのかもしれません。よくわかりませんけれど。」

「いろいろと難しいことがあるのだね、あんたの国は。」

「ところで、オラホノでの裁判はどんな風に行われているのですか。日本では、裁判員制度が大分前からやられるようになって、期待されましたが、未だに思ったようには行われていないようです。」

「裁判員制度ですか。それは、陪審員制度みたいなものですかね。」

「一般の人が裁判に参加する制度ですから、同じようなものだと思いますが。」

「それなら、オラホノでもずっと前からやられていますよ。希望者が多くて、選ぶのに難儀しているようですなぁ。」

「えー、そうなんですか。そうすると、裁判員同士での発言もかなり活発だと思いますが、活発過ぎて混乱してしまい、収拾がつかなくなることもあるのでしょうね。」

「オラホノ人ですから、活発な発言は当たり前なことです。でも、ほら、日常生活で慣れていますから、最終的にはほとんど纏まるようですよ。纏まらなければ纏まらないで、事実確認を含めて、やり直しをするだけです。とにかく全員一致まで頑張るということです。」

「そうですか。でも、何十回もやり直しをすることになったら、被疑者も含めてみんなが困るんじゃないの?」

「何十回もということはないです。特に被疑者が本当は無実だったとしたら、人権侵害にもなりますからね。ですから、案件にもよりますが、何回審議しても一致しない場合は、無罪ということになるね。」

「でも、ちょっと心配ですね。もし、選ばれた裁判員が不適切だったり、構成に偏りがあったら大変です。それに、裁判官の関わり方の問題とか。」

「日本でならそういう心配はあるかもしれませんね。オラホノではそんな心配をする人は一人もいないと思います。」

「信じられないなぁ。日本だったら、そういうことをどうしたら防げるかということであくせくしなければなりません。その違いはどこから来るのだろう。あれ、もう約束の時間です。私なりにまず考えてきます。」

十　選挙

この前、Qさんが言った「あんたの国はいろいろと難しいことがあるのだね」というのが妙に頭にこびりついている。確かにそのとおりだ。オラホノから見ればあきれるほど奇妙に見えるのだろう。しかし、こちらの世界では、日本に限らずどこの国でも難しいことだらけだ。今現在も戦争が行われている。しかも先の見えない戦争が。

環境問題も大変なことになっている。デジタル技術の開発も止まることを知らない。核技術もそうだ。こうなれば、救いはオラホノしかない。Qさんのところしかない。

Q「やぁ、来たか。待っていましたよ。」

私「私らの方では難しい問題だらけです。なのに、オラホノではどうしてそんなにのんきにできるのか教えて下さいよ。裁判員制度のことでも、考えてはみたのですが、やはり分かりませんでした。」

「オラホノがのんきだなんて思っているのかい。そんなことはありませんよ。前にも話したと思いますが、基本は会議ではないかな。」

「そう言われればそうかな。日本ではどこでも議論が不十分のように見えます。」

「オラホノでは選挙をものすごく大事にしています。あなたたちの方では選挙にそれほど真面目に取り組んでいないんじゃないの?」

「そうだなあ、投票しない人が半分以下という所も沢山あるようです。選びたい候補者がいないということもあるのかも知れませんが、それならそれで、白票を入れればいいと思うのですが。」

「オラホノでは普段から、政治の話題は盛んです。だから、選挙に行くのは当然のことです。広報カーで『選挙に行きましょう』なんて走り回ることもありません。投票日はお祭りみたいなものです。」

「日本では、ご近所でも、町内会でも、大抵の場合、政治の話は出ませんね。うっかり話すとひんしゅくを買いそうです。」

「ふうん、そうですか。オラホノでは日常がさっき言ったような具合ですから、選挙運動期間のようなのもありません。日常の会話の中で、自然に候補者が生まれてきます。」

「日本とは大分違うなぁ。日本だったら、限られた選挙期間中でやりますから、期間の終わり頃には声を枯らしてしまう人も多いようです。決められた期間以外はさまざまな制限がありますから、選ぶ判断もなかなかつきにくいし、つい本人や運動員からの声掛けで左右されるなんてことにもなります。国会議員や、県会議員の選挙なのに、出身地域のことだけに声を枯らすという傾向もよく見られます。そうなるとますます選ぶ判断に迷いますね。莫大なお金がうごいて投票を左右しているらしいなんてこともある話を聞くと、頭に来ますよ。ほんとに。」

「オラホノとはだいぶ違うなぁ。オラホノなら候補者になってもお金は一切かかりません。移動費も保障されます。あんたの国だったら、それを悪用することもあるかもしれませんが、オラホノではあり得ません。第一、そんな人には票は入りませんから。」

「そうすると、ポスターやチラシなども公金が支給されるのですか。」

「勿論です。ただし、枚数には制限があります。ポスターは貼る場所が充分に用意されており、それ以外の場所は禁じられております。宣伝カーなどもありません。その代わりというわけでもありませんが、到る所での対話は盛んですよ。」

「ほぉ、それってまるで二千年以上昔に、古代ギリシアで二百年ぐらい行われていたという民主政みたいなものですかね。いつか読んだことがありました。残念ながら、ギリシアの民主制は結局は富裕層の元老たちに潰されてしまったそうですが、オラホノの政治体制はとても似ていますね。それがQさんのオラホノ国で蘇ったというわけですか。古代ギリシアの民主政のことを知ったときにはものすごく感動したものです。でも人間の本性はそれを許さないのだと思っていたのですが、オラホノ国ではそれを実現させているのですね。」

「そんなに驚くことかなあ。私にとっては極めて当たり前のことに過ぎませんが。」

「いやぁ、参りました。」

＊

Qさんの話は、いちいち尤である。しかし、我々の社会の現実とはあまりにもかけ離れている。どちらがいいかと言えば、Qさんの言うオラホノが断然いい。それがおもしろくて、Qさんにところへ通い続けている。Qさんの頭の中だけに存在するオラホノ国なのだから、荒唐無稽に過ぎないのだが、だからと言って無意味だと切り捨てることは私にはどうしてもできない。

人類は高度に文化を発展させてきたと言われるが、よく考えてみれば、バランスを欠いてはいないか。自然科学と社会科学との間にあるアンバランスは拡大する一方である。自然科学は素粒子の域まで到達したが、社会科学は未だに混迷の域にある。

そのアンバランスの拡大は、自然科学の面では核兵器や原発・核融合に見られる核の脅威や、技術がもたらす地球規模の環境の悪化を導き出してしまった。アインシュタインやゲルマンたちの憂慮にも拘わらず、技術の利用は止まることを知らぬかのようだ。核分裂を発見したリーゼ・マイトナーは、広島に原爆が投下されたニュースを聞いて、涙を流したという。そこには、自然科学の解明が、技術によっておぞましいことにも利用されてしまうことへの、科学者としての責任の重さに対する悔悟の念を感じる。

一方、社会科学の面ではホッブズやルソーの理論もなかなか彼らが思ったようにはいっていない。社会環境の調整は未だに難儀なままである。技術の向上に頼った戦争に活路を求めるという、逆説に支配されているかのようだ。

おっと、もう一つあった。人工知能（ＡＩ）だ。ＡＩは、自然科学であろうが、社会科学であろうが、超絶的な計算スピードで物事を処理してしまうという。シンギュラリティという言葉も生まれ、遠からず人間の知能を追い越すかもしれないという話まで出た。生成ＡＩというのも突然のように出現したが、これまでのＡＩに創造性も加わったものだそうだ。人がこれ、これと指示すれば、あっという間に調べ物や文章の作成をやってのけるそうだ。ホイホイと飛びつく人たちもいるだろうから、それを扱う会社は大儲けだろう。

ＡＩの技術や利用は猛烈な勢いで進んでいる風だが、その先にあるのはどんな世の中だろう。これでいいのだろうか。その昔、ハイデガーという人が心配したのもこのことだろうか。何十年も前に、既にこのような時代の到来を予想し、憂慮し、警鐘を発していたとすれば、すごい人もいたものだ。

それなのに、政治はそれを受け止められなかったのだな。

こんなことで、私は大いに悩んでしまうのだ。ＡＩについては、Ｑさんとはまだ話したことがないが、オラホノ国のことだから、きっと、問題なく対応していることだろう。そのような悩みから超越しているのがオラホノ国なのだ。

オラホノ国はＱさんの頭の中だけの虚構ではある。私の頭の中にも今やオラホノ国が形作られているとは言え、あくまでフィクションとしての願望に過ぎない。それでも、Ｑさんとの会話を通しての、虚構の世界に浸っている時の心地よさからは離れがたいのだ。Ｑさんには、いつまでも元気に長生きしてもらいたい。

文学でも芸術でも虚構が盛り込まれることで、人々を楽しませてくれるし、想像力の幅を広げてくれる。虚構を楽しむことが出来るのは人間だけなのかどうかは知らないが、ホイジンガが人間を「遊ぶ人」と捉えたのはこういうことだったのか。だが、「お金」という虚構も造り出した人間は、やがて「限界なき欲望」という巨大な虚構物に振り回され、経済活動を狂わせている。「お金」という虚構物ならば、虚構の国オラホノにだってある。でも、巨大化することはないらしいのだ。そのことを、もう一度Ｑさんに聞いてみた。

Ｑ「それは簡単なことです。物欲があるかどうかということですよ。」

私「あぁ、そうでしたね。物欲でしたね。」

簡単すぎると言えば簡単すぎるのだが、そのとおりだ。そう言えば、地球上には科学技術の発展から免れ、物欲を巧みに制御して生活している人々だって、ちゃんと存在しているという。そういう人達の生活様式は、小集団に分かれ、お互いが共同社会を構成して繋がっているとのこと。彼らの社会のあり方にはオラホノ人的なものが想起される。だが、西洋中心主義的な文明や文化が、そういう人たちの社会にもじわじわと入り込んでいるとも聞くと、オラホノ国的な地域集団もどうなることやら。

いや、それどころじゃないのだ。彼らの外部で起きている核の脅威や環境悪化は、同じ地球上のことだから、彼らにとっても避けようがないのだ。戦争のとばっちりも受けそうだ。いや、地球上のすべてがだ。当然、Qさんの頭、すなわちオラホノ国にとっても避けようがないのだ。

のんきにしている場合じゃないぞ、これは。Qさんのオラホノ国の話は津々浦々に拡散されなければならない。それは絶対に必要だ。地球上の全生命を救済しなければならないのだ。しかも、急がなければならないのだ。でも、どうしたらそれが出来るというのだ？　誰かに話してみたところで、誰も聞いてくれそうもない話だよな。でも、でも、でも………、Qさぁ〜ん、Qさぁ〜ん、むにゃ、むにゃ………

オラホノに　遊び疲れて　一休み
目覚めてもなお　『春秋』かな

著者プロフィール
綿石 一哉（わたいし かずや）
1940年、秋田県北部生まれ。
秋田県北部在住。

オラホノ国

2025年3月15日　初版第1刷発行

著　者　綿石 一哉
発行者　瓜谷 綱延
発行所　株式会社文芸社
〒160-0022　東京都新宿区新宿1－10－1
電話　03-5369-3060（代表）
03-5369-2299（販売）

印　刷　株式会社文芸社
製本所　株式会社MOTOMURA

ISBN978-4-286-25957-4